橡子与山猫

[日] 宫泽贤治·著
[日] 田岛征三·绘
周龙梅 彭懿·译

北京联合出版公司
Beijing United Publishing Co.,Ltd.

一个星期六的傍晚，一郎家里收到了一张奇怪的明信片。

明信片上这样写道：

金田一郎先生：

九月十九日

想必身体健康，万事如意。

明日将审理一场难缠的官司，请您来一趟。

请勿携带弓箭枪支等武器。

山猫　敬启

字迹拙劣，墨汁沾得他满手都是，不过一郎却高兴得不知如何是好。他把明信片悄悄地藏在了书包里，在屋子里又蹦又跳。

直到晚上钻进了被窝，他仍想象着山猫那喵喵叫的模样和那场棘手的官司，迟迟无法入睡。

等一郎一觉醒来时，天已经大亮了。他出门一看，周围的群山像刚从地下隆起似的，连绵坐落在蔚蓝的天空下。一郎匆匆吃完早饭，然后一个人沿着溪谷的小路向上游方向走去。

清新的风刮了过来，吹得树上的栗子劈里啪啦地落了一地。

一郎仰望着栗子树，问道：

『栗子树，栗子树，你有没有看见山猫从这里经过？』

栗子树一下静了下来，回答道：

『山猫啊，今天一大早就赶着马车朝东边奔去了。』

『东边？不就是我现在要去的方向吗？奇怪呀！不管怎么说，我就再往前走走看吧。谢谢你了，栗子树。』

栗子树又开始默默地撒起栗子来了。

一郎往前走了一阵儿，眼前出现了一帘响笛瀑布。之所以叫它响笛瀑布，是因为在一道白岩的崖壁中间有一些小洞，水像吹笛子似的从这里飞溅而出，形成一道瀑布，哗哗啦啦地落入山谷。

一郎对着瀑布大声喊道：

『喂喂！吹笛子的，你有没有看见山猫从这里经过呀？』

瀑布哗哗地回答说：

『山猫刚才赶着马车朝西边奔去了。』

『奇怪呀！西边不是朝我家去的方向吗？不过，我还是再往前走走看吧！吹笛子的，谢谢你了。』

瀑布又像刚才一样吹起了笛子。

一郎又走了一阵儿，发现一棵山毛榉下面有一大堆白蘑菇，正在叮叮咚咚地奏着一首奇妙的乐曲。

一郎弯下腰问：

『喂，蘑菇蘑菇，你们有没有看见山猫从这里经过呀？』

蘑菇们回答说：

『山猫啊，今天一大早就赶着马车朝南边奔去了。』

这下一郎摸不着头脑了。

『南边不是那边的深山嘛，奇怪呀！那我就再往前面走走看吧。谢谢你们了，蘑菇们。』

蘑菇们又叮叮咚咚地忙着奏起那首奇妙的乐曲。

一郎又往前走了一会儿。这回他发现有一只松鼠在核桃树的树梢上窜来窜去。

一郎立刻招了招手，示意它停下来，然后问道：

『喂，小松鼠，你有没有看见山猫从这里经过呀？』

松鼠抬起爪子，遮在额头上，从树梢上俯视着一郎，回答说：

『山猫啊，今天早上天还没亮就赶着马车朝南边奔去了。』

『去南边了？奇怪呀！怎么两个地方都这么说？不过，我还是再往前面走走看吧。谢谢你了，小松鼠。』松鼠已经跑掉了。只见核桃树的树梢摇晃着，旁边的山毛榉的叶子闪动了一下。

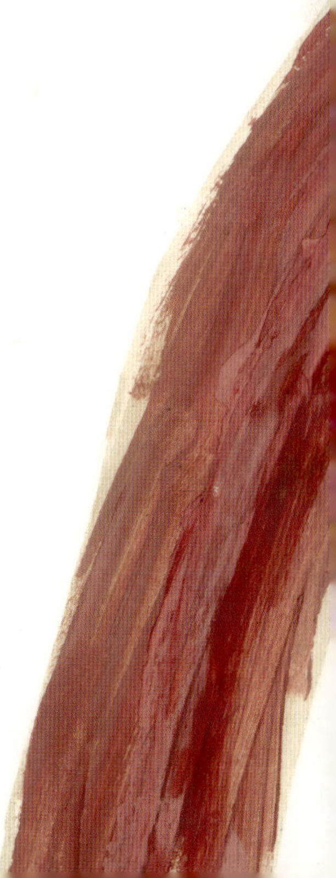

一郎又往前走了一会儿。这条沿着河谷的小路已经越走越窄了，最后终于消失了。不过又有一条小路，一直通往河谷南边那片黑幽幽的长满了榧子树的山林。于是，一郎顺着那条小路向上爬去。头上黑压压的榧子树枝把蓝天遮得严严实实，小路也变得相当陡峭。一郎满脸通红，汗流浃背地向上攀登。当他爬上山坡之后，眼前突然一亮，他感到眼睛一阵刺痛。原来那里是一片美丽的金色草地，风吹草动，周围被高大的橄榄色榧子树林环绕着。

只见草地中间有一个怪模怪样的小个子男人，他手持皮鞭，正屈着膝，默默地望着这边。

一郎走近一看，不禁惊呆了。原来那男人是个独眼龙，失明的白眼珠正不住地抽动着。他身穿一件既像是外套又像是对襟短褂的奇怪上衣，双腿歪歪扭扭的，简直就像是山羊的腿，特别是脚尖，简直像一只盛饭的勺子。一郎觉得恶心，但还是故作镇静地问道：

『你知道山猫在哪里吗？』

那个男人斜眼看了看一郎，抿嘴一笑，说：

『山猫大人很快就会回到这里来的，你是一郎吧？』

一郎暗吃一惊，一条腿向后退了一步，说：

『对，我就是一郎。你怎么知道的？』

那个奇怪的男人嬉皮笑脸地说：

『这么说，你是看到明信片了？』

『看了，所以我才来的。』

『那信写得糟透啦。』男人垂下头难过地说。

一郎觉得他挺可怜的，于是就安慰他说：

『哪里，我觉得写得不错呀！』

听了这话，男人高兴得直喘粗气，脸一下红到耳朵根子那儿。只见他敞开衣领，让风吹遍全身。

『那些字也写得不错？』他又问。

一郎忍不住笑了起来，他一边笑一边回答说：

『写得挺好，五年级的学生也写不出那么漂亮的字来。』

男人听了，突然又显出很不高兴的样子：

『五年级学生？你是说普通小学五年级的学生吗？』

那声音听上去有气无力的，十分凄惨。

一郎赶紧又说：

『不不，我是说大学五年级学生。』

听一郎这么一说，男人又高兴起来，嘴张得大大的，傻笑着大声说：『那张明信片正是我写的！』

一郎忍住笑，问道：『你到底是干什么的？』

男人急忙一本正经地说：『我是山猫大人的马车夫。』

就在这时，一阵狂风刮来，掀起了一阵阵草浪，马车夫立即毕恭毕敬地行了一个礼。

一郎心里纳闷，回头一看，只见山猫穿着一件黄色阵羽织，正瞪着圆圆的绿眼珠站在那里。一郎正想着山猫的耳朵果然是尖尖竖立的，却见山猫先向他敏捷地行了个礼，一郎也赶紧恭恭敬敬地还了一个礼。

『啊，你好！谢谢你昨天寄来的明信片。』

山猫绷直了胡须，挺着肚子说：

『你好，欢迎你。是这样，由于前天发生了一场复杂的纠纷，难于审判，因此我想听听你的高见。请先休息一下吧，橡子们马上就会来的。我几乎每年都要为这场官司伤透脑筋。』

说着，山猫掏出卷烟盒，自己先叼了一支，然后递给一郎说：『来一支吧！』

一郎吃了一惊，马上谢绝道：『我不会抽。』

山猫放声大笑：『哈哈哈，你还年轻。』

说着，嚓的一下划着了一根火柴，然后又故意皱起眉头，吐了一口青烟。

山猫的马车夫保持着立正的姿势站在一旁，他竭力抑制着想抽烟的念头，眼泪扑簌簌掉了下来。

这时，一郎忽然听见脚下响起一阵噼噼啪啪炒盐粒似的爆裂声。他惊奇地蹲下身去察看，发现草地里到处都是闪闪发亮的金色圆球。再仔细一看，原来都是些穿着红裤子的橡子，数量恐怕不止三百个。不知它们在哇啦哇啦地吵些什么。

『啊，它们来了，像蚂蚁大军一样地冲过来了。喂，快快摇铃！今天这里阳光充足，快把这里的草割掉！』山猫扔掉卷烟，匆忙交待马车夫。马车夫手忙脚乱地从腰间取下一把大镰刀，将山猫面前的草嚓嚓几下全都割掉了。于是，亮晶晶的橡子们一下子从四面八方的草丛里跳了出来，哇啦哇啦哇啦哇啦地吵个不停。

马车夫『当啷当啷当啷当啷』地摇了一阵铃，铃声在榧子林里清亮地回响着，金橡子们稍微安静了一些。只见山猫不知何时已经披上了一件黑缎子长袍，摆起架子坐在了橡子们面前。一郎觉得眼前的情景如同一幅人们参拜奈良大佛的画像。马车夫这回又『嗖！』『啪！』『嗖！』『啪！』地甩了几下鞭子。

晴空万里，橡子们油光闪亮，实在是气派。

『今天已经是第三天审判了。你们还是适可而止，和好算了。』

山猫心里有点没底，但还是摆着架子说道。

于是橡子们七嘴八舌地吵开了。

『那可不行。不管怎么说都是尖头的最伟大，而我的头最尖。』

『不对。圆的才伟大，最圆的是我。』

『还是要看个头大小。最大的才最伟大，我最大，所以我最伟大。』

『才不对呢。我才是最大的呢，昨天法官不是

说了吗？』

『不行，没有那回事。个子高的才是，个子高的才伟大。』

『应该是力气大的！应该比力气决定才对。』

橡子们哇啦哇啦哇啦哇啦吵个不停，简直像捅了马蜂窝似的，已经乱成一团了。

于是，山猫大喊一声：

『都别吵了！你们把这里当成什么地方了？肃静！肃静！』

马车夫『嗖！』『啪！』地甩了甩鞭子，橡子们终于安静下来了。

山猫绷直了胡须，又说：

『今天已经是审判的第三天了。你们还是适可而止，和好算了。』

听到这里，橡子们又七嘴八舌地吵开了。

『不行，不行。怎么说都是尖头的最伟大。』

『不对。圆的才伟大。』

『你们都不对。还是要看个头大小。』

哇啦哇啦，哇啦哇啦，已经分不清是谁在说话了。

山猫大叫起来：『都给我住嘴！别吵了！你们把这里当成什么地方了？肃静！肃静！』

马车夫又『嗖！』『啪！』地甩了甩鞭子。

山猫捋直了胡须，继续说：

『审判今天已是第三天了。我看你们还是适可而止，和好算了。』

『不行。不行。尖头的……』哇啦哇啦哇啦哇啦。

山猫又喊道：

『别吵了！你们把这里当成什么地方了？肃静！肃静！』

马车夫又『嗖！』『啪！』地甩了甩鞭子。橡子们这才安静下来。

山猫轻声对一郎说：『你都看见了吧？你看怎么办吧？』

一郎笑着回答说：『你就这么宣判好了：你们中间最笨的、最丑的、最不像样的才是最伟大的。这个办法是我从别人那里听来的。』

山猫觉得似乎有道理，它点了点头，然后摆出一副架势，敞开缎子袍的衣领，露出黄色阵羽织，对橡子们宣判说：

『好了，安静！下面我宣判：
你们中间最笨的、最丑的、最不像样的、头最扁的才是最伟大的。』

橡子们一下子安静下来，呆呆地僵立在那里。

这时，山猫脱去了黑缎长袍，一边擦着额头上的汗，一边拉住了一郎的手。马车夫也高兴得连甩了五六下鞭子。嗖！啪！嗖！啪！嗖嗖！啪！

山猫接着又对一郎说：

『实在太感谢你了。这么难判的官司，你只用了一分半钟就解决了。请你以后就做我这个法庭的名誉法官吧！以后再寄去明信片的话，就请你跑一趟，怎么样？每次我都会酬谢你的。』

『知道了。不过，谢礼就不必了。』

『那可不成，谢礼请务必收下，这关系到我的人格。另外，今后的明信片上写金田一郎阁下收，称这里为法庭，可以吗？』

一郎说：『可以。』

山猫好像还有话要说，只见它捻了捻胡须，眨了眨眼，最后好像终于下定了决心似的说：

『还有，明信片上的措辞，今后就写成：因有事宜需审判，请明日务必出庭。你看怎么样？』

一郎笑笑说：

『听起来好像有点别扭，最好还是别那么写。』

山猫似乎感到自己表达不妥，很难为情地捻着胡须，低头沉默了许久，最后才毅然地说：

『好吧，措辞就照原来那样写。那么今天的谢礼，你是喜欢一升金橡子呢？还是要咸鲑鱼头？』

『我喜欢金橡子。』

一郎没有选择鲑鱼头，这似乎让山猫松了一口气，它麻利地吩咐马车夫说：『快拿一升橡子来！如果不够一升，可以掺些镀金的橡子进去。快点！』

马车夫将刚才的橡子装进斗里，称了称，叫道：『正好一升！』

山猫的阵羽织随风哗哗啦啦翻卷着。它舒舒服服地伸了一个懒腰，然后闭上眼睛，一边打哈欠一边命令说：

『好了，快去备马车！』

一辆用白色大蘑菇做成的马车被拉了过来，还套着一匹奇形怪状的灰马。

『来，我送你回家！』山猫说。

两个人上了马车，马车夫把那升橡子也装上了马车。

嗖！啪！

马车离开了草地，树木与草丛像烟雾一般迷离荡漾。一郎低头看着金橡子，而山猫则装作若无其事的样子，眺望着远方。

随着马车向前行驶，橡子渐渐地失去了光泽，不一会儿，等到马车停稳的时候，橡子已变成了平常的褐色了。而身穿黄色阵羽织的山猫和马车夫，还有那辆蘑菇马车，也都一下子消失了，只剩下一郎一个人抱着装满橡子的升斗，站在自己家门口。

从那以后，一郎再也没收到署名山猫的明信片。他有时甚至想，如果当时同意山猫写成『务必出庭』就好了。

版本说明

关于正文：本书以《新校本宫泽贤治全集》（筑摩书房）为底本。

词语解说

［**对襟短褂**］……像外套的衣服，不带扣子。

［**阵羽织**］……作战时，穿在铠甲外面的无袖外褂。

［**缎子**］……一种像丝绸一样柔软、富有光泽的纺织品。担任法官的山猫就身穿黑缎长袍。在宫泽贤治的另一部作品《猫儿事务所》中也曾出现。

［**出庭**］……诉讼案件的关系人亲自到法庭上接受审讯或讯问。

［**升**］……日本的一升大约为 1800 毫升。

图书在版编目（CIP）数据

橡子与山猫 / (日) 宫泽贤治著 ; (日) 田岛征三绘;周龙梅, 彭懿译. —北京 : 北京联合出版公司, 2021.10
ISBN 978-7-5596-3326-2

Ⅰ. ①橡… Ⅱ. ①宫… ②田… ③周… ④彭… Ⅲ.①童话－作品集－日本－现代 Ⅳ. ①I313.88

中国版本图书馆CIP数据核字（2019）第115814号

橡子与山猫
著　　者：[日] 宫泽贤治
绘　　者：[日] 田岛征三
译　　者：周龙梅　彭　懿
策划机构：雅众文化　　特约编辑：马济园
策 划 人：方雨辰　　责任编辑：夏应鹏
出 品 人：赵红仕　　装帧设计：方　为

北京联合出版公司出版
（北京市西城区德外大街83号楼9层 100088）
北京联合天畅文化传播公司发行
北京利丰雅高长城印刷有限公司印刷 新华书店经销
字数10千字 787毫米×1092毫米 1/12 4印张
2021年10月第1版 2021年10月第1次印刷
ISBN：978-7-5596-3326-2
定价：68.00元

[日]田岛征三 / 绘

1940 年出生于日本大阪。少年时代在高知县度过。毕业于多摩美术大学设计系。大学期间制作了《西魅天》。1969 年创作的《大力士太郎》获得布拉迪斯拉发国际插画双年展（BIB）金苹果奖，同年移居东京都日出村，一边过着在大自然中种田、饲养山羊的生活，一边埋头从事绘画事业。

1974 年创作的《款冬姑娘》获讲谈社出版文化奖的绘本奖，《飞吧！蚂蚱》获 1988 年日本绘本奖、1989 年小学馆绘画奖等各种奖项。1998 年移居伊豆半岛。用树木果实制作的绘本《嗷》《玉兰叔叔》开辟了创作新境地。最新绘本作品有《陌生的小城》，除绘本作品外，还有随笔集《人生汤》《绘画中的我的山乡》等。